말랄라 유사프자이

꿈을 이룬 인물 탐구

말랄라 유사프자이

어린이의 평등한 교육을 위해 투쟁하다

조안 마리 갤러트 글 | 아우라 루이스 그림 | 양진희 옮김

(주)교학사 함께자람

차례

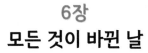

1장

사회 운동가가

태어나다

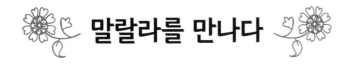

말랄라를 만나다

말랄라 유사프자이가 11살이 되었을 때, 갑자기 학교에 다니는 것이 위험해졌어요. **탈레반**이라는 **무장 단체**가 말랄라가 살고 있던 파키스탄의 마을을 장악하고는 새로운 법령들을 시행했기 때문이에요. 탈레반은 10살이 넘은 여자아이들은 학교에 다니면 안 된다고 했어요. 10대 소녀들에게도 **부르카**를 입으라고 강요했어요. 부르카는 눈 부위만 열어 놓고 머리부터 발끝까지 온몸을 가리는 옷으로 여성들만 입었어요. 탈레반의 세력이 커지기 전에는 부르카를 입을지 말지를 선택할 수 있었지만 이제는 모든 여성들, 10대 소녀들까지도 무조건 부르카를 입어야만 했어요. 텔레비전과 라디오 방송도 금지되었어요.

말랄라는 너무 괴로웠어요. 책 읽는 것, 학교에 가서 배우는 것은 말랄라가 가장 좋아하는 일이었거든요. 말랄라는 의사가 되고 싶었어요. 학교에 다닐 수 없게 된다면 어떻게 그 꿈을 이룰 수 있겠어요? 하지만 탈레반이 정한 규칙을 따르지 않는다면 누구든 처벌을 받았어요. 거리에서는 무장한 탈레반이 사람들을

어디인가요?

아프가니스탄
파키스탄
스와트 밸리
인도

감시했어요. 그럼에도 말랄라는 가만히 있을 수 없었어요. 무엇이든 해야만 했어요.

　말랄라는 공정하지 않은 것들을 바꾸려고 노력했어요. 말랄라가 한 일은 바로 **사회 운동가**가 하는 일이었어요.

　말랄라의 가족은 **무슬림**이에요. 무슬림이란 **이슬람교**를 믿

8

는 사람들을 이르는 말이에요. 그들은 **코란**이라고 부르는 이슬람 성서의 가르침을 따르지요. 이슬람교도들은 자신들이 섬기는 신을 **알라**라는 특별한 이름으로 불러요. 탈레반도 이슬람교를 믿지만 보통의 무슬림과는 달리 **극단주의자**들이었어요. 탈레반은 매우 엄격하게 이슬람 율법을 지키게 했어요.

말랄라는 **교육**이 모두에게 왜 중요한지에 대해 연설을 했어요. 이 행동은 탈레반의 정책에 강력하게 맞서는 일이었어요.

말랄라뿐 아니라 다른 사람들도 공개적으로 말랄라와 비슷한 요구를 했어요. 그래서 탈레반은 어쩔 수 없이 여자아이들이 학교에 가는 것을 허락했어요. 하지만 새로운 규칙에 따라 여자아

─깊이─
생각하기

여러분이 학교에
갈 수 없다면
여러분의 삶이
어떨 것 같나요?

이들은 부르카를 써야만 했어요. 탈레반이 정한 규칙에 맞춰 사는 것은 매우 힘들었어요. 그래서 말랄라는 멈추지 않고 계속 **정의**를 요구했어요.

말랄라가 싸워 온 이야기를 따라가면서 우리는 말랄라를 계속 앞으로 나아가게 한 '용기'를 발견하게 될 거예요. 전 세계 사람들은 '어린 말랄라가 어떻게 사회 운동가가 되었는지' 그리고 '다음에는 또 무슨 일을 할지' 말랄라에 대해 더 많이 알고 싶어 해요.

 말랄라의 세상

말랄라 유사프자이는 1997년 7월 12일, 파키스탄의 스와트 밸리에 있는 민고라라는 도시에서 태어났어요. 말랄라가 태어났을 때, 말랄라의 아버지는 무척 기뻐했어요. 주변 사람들은 의아하다는 듯이 "딸인데도 기뻐하다니!"라고 말했어요.

　파키스탄과 아프가니스탄 지역에 사는 **파슈툰족** 사람들은 대부분 딸이 태어나는 것을 축하하지 않아요. 딸은 부담스러운 짐으로 여겼어요. 파슈툰족은 딸의 행실이 바르지 못하면 가족이 손가락질을 받기 때문에 부모들은 딸의 **평판**에 늘 신경을 써야 했어요. 반면에 남자아이가 태어나면 파티를 열어요. 아들은 직업을 갖고 돈을 벌어 올 수 있고 어른이 되면 나이 든 부모를 모시니까요.

말랄라가 태어났을 때, 말랄라의 부모는 병원에 갈 형편이 못 되었어요. 엄마 투르 페카이는 욕실도 부엌도 없는 방 두 칸짜리 집에서 말랄라를 낳았어요. 투르는 마당에서 불을 피우고 음식을 만들어야 했어요.

말랄라가 태어났을 때, 이웃들은 말랄라의 엄마를 가엾게 생각했어요. 하지만 말랄라의 아버지 지아우딘은 다른 많은 파슈툰족 사람들과 생각이 달랐어요. 아버지는 베나지르 부토가 파키스탄의 첫 여성 **총리**가 되었던 때를 떠올렸어요. 부토 총리는 여자들도 훌륭한 일을 할 수 있다는 것을 보여 준 사람이었어요.

지아우딘은 말랄라가 힘 있는 여성으로 자라는 모습을 상상했어요. 딸의 눈을 들여다보며 멋진 미래를 상상했어요. 지아우딘은 말랄라에게는 다른 아이들과는 다른 무언가가 있다는 느낌을 받았어요.

아들과 딸을 차별하는 사회 속에서도 지아우딘은 딸들도 아들들과 똑같은 **기회**를 가져야 한다고 믿었어요. 교사였던 말랄라의 아버지는 여자아이들과 남자아이들이 함께 배울 수 있는 학교를 세웠어요. 탈레반이 스와트 밸리를 점령했을 때, 말랄라

가 **불의**에 맞서 싸울 수 있었던 것은 아버지의 가르침 덕분이
에요.

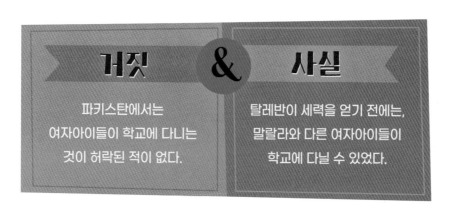

거짓 & 사실

파키스탄에서는
여자아이들이 학교에 다니는
것이 허락된 적이 없다.

탈레반이 세력을 얻기 전에는,
말랄라와 다른 여자아이들이
학교에 다닐 수 있었다.

언제인가요?

베나지르
부토가
첫 여성 총리가
되다.

말랄라의
아버지가
처음으로
학교를 열다.

말랄라가
태어나다.

1988 — **1994** — **1997**
7월 12일

2장

어린 시절

파키스탄에서 자라다

말랄라가 태어나고 몇 달 뒤, 말랄라의 가족은 아버지가 운영하는 학교 위쪽에 있는 방 세 칸짜리 집으로 이사했어요. 이 집에는 수도가 연결되어 있었어요. 말랄라는 걸음마를 배우던 아기 때부터 학교에 찾아가는 것을 좋아했어요. 교실들을 이리저리 돌아다니는 게 말랄라의 놀이였어요. 가끔은 선생님 흉내를 내기도 했어요!

어린 시절 말랄라는 대부분의 시간을 엄마와 함께 보냈어요. 아버지는 학교를 운영하는 일로 바빴어요. 말랄라의 엄마는 글을 배운 적이 없는 사람이었어요. 하지만 말랄라의 교육에 관해서는 남편과 똑같은 믿음을 갖고 있었어요. 그래서 늘 배우고자 하는 딸을 격려했어요.

말랄라의 집은 손님으로 북적일 때가 많았어요. 말랄라는 사람들이 많은 걸 좋아했어요. 말랄라의 엄마는 바닥에 플라스틱 시트를 길게 펼친 다음 그 위에 음식을 차려 놓았어요. 아버지는 시를 읽거나 유사프자이 부족의 **조상**들에 대한 이야기들을 들려주었어요.

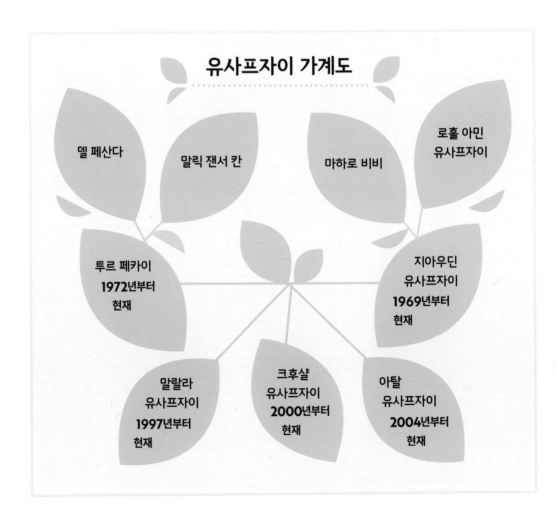

유사프자이 가계도

델 페산다

말릭 잰서 칸

마하로 비비

로훌 아민
유사프자이

투르 페카이
1972년부터
현재

지아우딘
유사프자이
1969년부터
현재

말랄라
유사프자이
1997년부터
현재

크후샬
유사프자이
2000년부터
현재

아탈
유사프자이
2004년부터
현재

말랄라가 3살 때, 남동생 크후샬이 태어났어요. 4년 후에는 또 한 명의 남동생 아탈이 태어났어요.

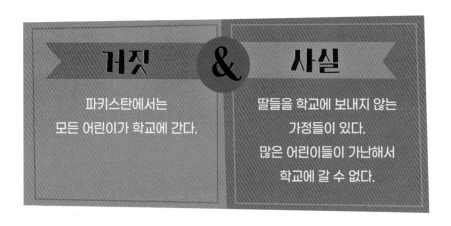

거짓 & 사실

파키스탄에서는
모든 어린이가 학교에 간다.

딸들을 학교에 보내지 않는
가정들이 있다.
많은 어린이들이 가난해서
학교에 갈 수 없다.

여자아이의 생활

말랄라는 6살 때부터 학교에 다니기 시작했어요. 연극은 물론 배드민턴 같은 운동까지 모든 활동을 해 보려는 의욕이 넘치는 학생이었지요. 가장 어려워한 과목은 수학이었는데, 말랄라는 좋은 점수를 받기 위해 수학 공부에 더 많은 시간을 들이며 노력했어요. 말랄라는 그냥 공부 잘하는 것만으로는 만족할 수 없었어요. 1등이 되고 싶었어요.

책을 읽다가 쉬고 싶어지면 말랄라는 편평한 집 지붕에 기어 올라가곤 했어요. 지붕 위에서 스와트 밸리를 둘러싸고 있는 눈 덮인 산들을 바라보았어요. 말랄라는 꿈을 꾸듯 많은 것을 상상했어요. 말랄라와 동생들은 친구들과 어울려 **크리켓** 게임하는 것을 좋아했어요.

편평한 집 지붕 위나 거리는 즐거운 놀이 장소이기도 했지요.

휴일이 되면 말랄라 가족은 부모님의 고향으로 여행을 갔어요. 엄마가 친척들이랑 요리를 하는 동안, 말랄라는 사촌들과 놀았어요. 말랄라가 가장 좋아하는 놀이는 '결혼놀이'였어요. 여자아이들은 신부 흉내를 내며 장신구로 치장을 했어요.

그 지역의 많은 부모들은 어린 딸들을 학교에 보내지 않고 결혼시킬 준비를 했어요. 그런 부모들은 딸의 교육에 돈을 쓰는 것은 낭비라고 생각했어요.

말랄라는 자신을 학교에 다니게 해 주는 아버지에게 늘 감사한 마음을 갖고 있었어요.

차차 시간이 지나면서 말랄라에게도 원하지 않는 일들이 생겼어요. 엄격한 **전통**을 지키라는 것이었어요. 10살이 넘은 여자아이들은 집 안에만 있으라거나 여자들은 밖에 나갈 때 얼굴을 가려야 한다고 했어요. 가까운 친척 외에는 남자들과 말을 해서

— 깊이 —
생각하기

단지 자신이 남자아이거나 여자아이라는 이유로, 하고 싶은 일을 할 수 없다면 어떤 생각을 하게 될까요?

도 안 된다고 했어요.

말랄라는 이런 전통들이 불공평하다고 생각했어요.

그러던 어느 날, 말랄라는 크리켓 게임을 하면 안 된다는 말을 듣게 되었어요. 남동생들을 위해 집 안에서 음식을 해야 한다고요!

고향 마을 스와트 밸리를 무척 좋아했지만, 여자아이와 남자아이, 그리고 여자와 남자에게 다른 규칙을 적용하는 것은 받아들일 수 없었어요.

말랄라는 모두가 동등해지는 길을 찾고 싶었어요.

유사프자이
가족이 학교 위쪽
지역의 집으로
이사하다.

말랄라의
남동생
크후샬이
태어나다.

1997

10월

2000

말랄라가
학교에
다니기
시작하다.

말랄라의
남동생
아탈이
태어나다.

2002

2004

3장

더 나은 세상

꿈꾸기

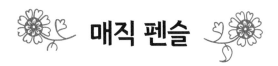

매직 펜슬

　유사프자이 가족은 다시 새로운 집으로 이사했어요. 그리고 텔레비전도 장만했어요. 말랄라는 좋아하는 프로그램에서 매직 펜슬로 그림을 그리는 소년을 보게 되었어요. 그 아이가 그리는 것마다 실제로 있는 물건이 되는 마법이 펼쳐졌어요. 말랄라는 매직 펜슬이 갖고 싶었어요. 매직 펜슬을 갖게 된다면 누구를 제일 먼저 도와주어야 할지 잘 알고 있었거든요.

깊이
생각하기

교육은 왜
중요한가요?
좋은 교육으로
어떻게 다른
사람들을 도울 수
있을까요?

스와트 밸리의 공터에는 버려진 쓰레기들이 여기저기 쌓여 있었어요. 언젠가 말랄라의 엄마도 말랄라에게 감자 껍질과 달걀 껍데기를 집 근처 쓰레기장에 버리고 오라고 했어요. 그곳에서 말랄라는 쓰레기 더미를 파헤치고 있는 아이들을 보았어요. 돌봐 주는 사람이 아무도 없는지 모두 지저분해 보였어요. 아이들은 쓰레기 더미에서 쇠붙이와 유리와 종이 들을 골라서 내다 팔며 살았어요. 말랄라는 마음이 너무 아팠어요. 학교에 가지도 못한 채 일만 해야 한다니 그건 너무 불공평했어요. 말랄라는 모든 어린이가 자기처럼 학교에 다닐 수 있기를 바랐어요. 그래서 '매직 펜슬을 갖게 된다면 가능한 일이 아닐까?' 생각했어요.

말랄라는 아버지와 함께 쓰레기 하치장으로 갔어요. 아이들은 아버지가 말을 꺼내기도 전에 달아나 버렸어요. 말랄라는 아버지에게 그 아이들이 무료로 학교에 다닐 수 있게 해 달라고 부탁해 놓았어요. 처음 있는 일이 아니었지요. 말랄라와 엄마는 이전에도 몇몇 여자아이들이 **학비**를 내지 않고도 수업을 들을 수 있게 허락해 달라고 아버지를 설득한 적이 있었어요.

아버지뿐 아니라, 말랄라의 엄마도 자주 사람들을 도와주었어요. 집안 형편이 넉넉하지는 않았지만, 엄마는 배고픈 학생들에게 아침 식사를 차려 주고는 했어요. 병원에 입원한 사람들에게는 병문안을 갔고요. 말랄라는 사람들을 제대로 도우려면 매직 펜슬 하나 가지고는 어림도 없을 거라는 사실을 깨달았어요. 그 무엇보다 교육이 세상을 바꿀 수 있는 최고의 도구라고 믿게 되었어요.

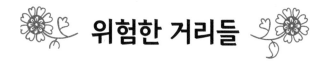

위험한 거리들

말랄라가 8살이 되었을 때, 갑자기 학교의 책상이 흔들리기 시작했어요. 스와트 밸리에서 일어난 지진들 중에 규모가 가장 큰 지진이라고 했어요. 너무 놀라 모두 밖으로 뛰쳐나갔어요. 한참 후 우르릉 소리와 진동이 멈추고 나서야 말랄라와 두 남동생은 엄마를 찾으러 급히 집으로 달려갔어요. 엄마는 아이들을 끌어안고 크게 소리 내어 울었어요.

저녁까지 **여진**으로 계곡이 흔들렸어요. 아버지는 늦게까지 집에 돌아오지 않았어요. 아버지가 운영하는 학교의 규모가 꽤

커져서, 건물들을 돌아보며 모든 것이 안전한지 살피느라 오래 걸렸어요. 아버지는 돌아와서 학교가 안전하다고 말했어요. 말랄라는 그 이야기를 듣고 기뻤지만 여전히 무서웠어요. 밍고라에 있는 건물 여러 채가 무너졌어요. 마을 전체가 무너져 내려 상황이 더 나쁜 지역들도 있었어요. **산사태**로 길이 막혀 오도 가도 못하는 사람들도 많았어요. 백만 명이 넘는 사람들이 집을 잃었어요. 수없이 많은 사람들이 죽고 더 많은 사람들이 다쳤어요. 수천 곳이 넘는 학교들이 붕괴되었어요. 말랄라는 엄마가 담요 모으는 것을 도왔어요. 그리고 반 친구들과 함께 이재민들을 돕기 위한 모금 활동도 벌였어요.

세상에는 수많은 문제가 있어요.
하지만 난 이 모든 문제들에 대한
해결책이 있다고 생각해요.
그것은 바로 교육이에요.

이 시기에, 파키스탄은 **독재자**가 통치하고 있었는데, 지진 피해 지역에 아무런 도움도 주지 않았어요. 지방 **정부**들은 건물이 부서지고 전기가 끊어져서 일을 할 수 없었어요. 이런 혼란을 틈타, 무장 단체들이 정권을 잡으려고 했어요. 무장 단체들은 병원을 지어 주민들에게 도움을 주면서 자기들 편으로 끌어들이려고 했어요. 그러면서 스와트 밸리에 사는 사람들에게 자신들이

언제인가요?

스와트 밸리에서 규모가 가장 큰 지진이 일어나다.

무장 단체들이 스와트 밸리에서 세력을 키우다.

2005
10월

2005
년부터
2006
년까지

시키는 대로 따를 것을 강요했어요. 무장 단체들은 사람들이 이슬람 율법을 제대로 지키지 않은 것에 대해 신이 벌을 내려 지진이 일어난 거라고 했어요.

말랄라는 왜 정부에서 이재민들을 좀 더 열심히 돕지 않는지 의아했어요. 그뿐만 아니라 도움을 주겠다고 나선 극단주의자들을 믿지 않았어요. '극단주의자들이 우리를 더 힘들게 하는 건 아닌가?' 하는 생각을 하면서요.

4장

두려움 속에

살기

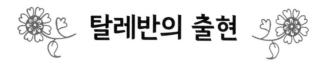

탈레반의 출현

민고라의 주민들은 대부분 **문맹**이었어요. 글을 읽거나 쓸 줄을 몰랐어요. 그래서 민고라의 주민들에게 무언가를 알릴 수 있는 가장 좋은 방법은 라디오를 이용하는 것이었어요. 그래서 무장 단체의 최고 지도자인 마울라나 파즐룰라는 라디오 방송국을 세웠어요. 그 지도자는 여자들에게 너무 많은 자유를 준 탓에 지진이 일어났다고 말했어요. 음악과 영화들 그리고 춤 때문이라고도 했어요.

말랄라는 그 말을 믿는 사람들이 텔레비전과 CD와 DVD 들을 불태우는 것을 보았어요. 마울라나 파즐룰라는 자신의 말을 듣지 않으면 신이 벌을 내릴 거라고 겁을 주었어요. 말랄라는 그 말이 사실인지 아버지에게 물었어요. 아버지는 그 사람이 사람들을 속이고 있다고 말했어요. 말랄라의 아버지는 텔레비전을 버리지 않고 벽장 속에 숨겼어요.

탈레반은 동상들과 그림들과 심지어 보드게임까지 부숴 버렸어요. 그러던 어느 날 마울라나 파즐룰라는 느닷없이 여자아이

들은 학교에 다니면 안 된다는 명령을 내렸어요. 말랄라는 평생
집 안에 갇혀 지내게 되는 건 아닐까 두려웠어요. 말랄라의 아버
지는 결단을 내렸어요. 위험한 결정이었지만, 자신의 학교에서
여자아이들도 남자아이들과 똑같이 공부할 수 있게 했어요. 말
랄라는 걱정을 하면서도 계속 학교에 다녔어요.

   그러던 어느 날 밤의 일이었어요. 갑자기 나타난 탈레반들이 학교를 부수기 시작했어요. 그들은 지역 경찰서들을 습격하고 민고라 지역을 지배했어요. 정부에서는 군대를 보내 탈레반과 싸우게 했어요. 잠깐 동안이었지만 말랄라는 희망을 품었어요. 하지만 탈레반이 다시 돌아오더니, 이번에는 컴퓨터와 책을 금지했어요.

학교에 가는 날이면, 말랄라는 머리에 쓴 히잡 안에 책을 감췄어요. 머리를 숙이고 급히 서둘러 교실로 들어가곤 했어요. 탈레반들이 자기를 알아보지 못하길 바라면서요. 밤에는 책들을 침대 밑에 숨겼어요. 또 무슨 일이 일어날지 몰라 말랄라는 하루하루를 두려움에 떨었어요.

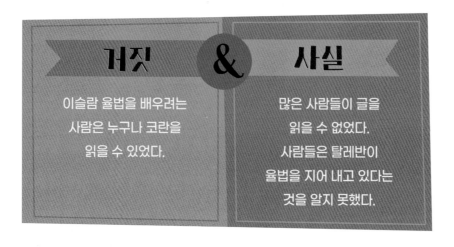

거짓 & 사실

이슬람 율법을 배우려는 사람은 누구나 코란을 읽을 수 있었다.

많은 사람들이 글을 읽을 수 없었다. 사람들은 탈레반이 율법을 지어 내고 있다는 것을 알지 못했다.

대담하게 소신을 말하다

탈레반은 다른 무장 단체들과 힘을 합쳤어요. 세력을 키운 그들은 파키스탄 탈레반이라고 불리고 있었어요. 곧 더 많은 규칙들이 라디오를 통해 요란하게 쏟아져 나왔어요.

말랄라의 아버지 같은 사회 운동가들은 탈레반의 활동을 막으려고 애썼어요. 사회 운동가들은 학생들에게 자신의 뜻을 밝히라고 가르쳤어요. 11세가 된 말랄라를 비롯하여 여러 여자아이들이 텔레비전에 나와서 평화와 교육에 대해 이야기했어요. 그런데 시간이 지나면서, 자기 딸이 텔레비전 인터뷰에 나가는 것을 반대하는 아버지들이 많아졌어요. **퍼다**를 해야 하는 나이가 되었다는 이유에서였지요. 퍼다란 이슬람 국가에서 여자들이 남자들의 눈에 띄지 않게 숨어서 지내는 것이에요.

말랄라는 아버지가 딸의 자유를 빼앗지 않아서 기뻤어요. 그러던 중 파키스탄에서 가장 큰 텔레비전 방송국 가운데 한 곳에서 말랄라를 방송에 초대했어요. 인터뷰를 하게 되자 말랄라는 희망이 샘솟는 걸 느꼈어요. 무장 단체의 최고 지도자가 라디오

를 이용해 그렇게 많은 문제를 일으켰다는 것을 떠올리며, 자신
도 더 나은 세상을 위해 변화를 만들 수 있을 거라는 생각을 했
어요.

이렇게 말랄라는 사회 운동가로 성장해 갔어요. 말랄라는
2008년에 처음으로 많은 사람들 앞에서 연설을 했어요. 페샤와
르에서 연설을 했는데, 말랄라가 사는 곳에서 남쪽으로 차로 세
시간 걸리는 곳에 있는 도시였어요. 말랄라는 교육받을 권리를
빼앗아 간 탈레반을 비난했어요.

자신의 믿음을
지키는 것이
왜 중요한가요?
여러분이 중요하게
지킨 믿음에는
어떤 것이 있나요?

이후에도 탈레반의 탄압은 더욱 거세져 마침내 모든 여학교의 문을 닫으라고 했어요. 말랄라는 이 명령을 따르지 않았어요. 대신에 영국 **BBC** 방송 사이트의 **블로그**에 글을 썼어요. 블로그에 탈레반 치하에서 여자로 사는 것이 어떠한 것인지에 대한 이야기를 썼어요. 말랄라가 처음 쓴 글의 제목은 '나는 무서워요.'였어요.

어디인가요?

말랄라는 굴 마카이라는 이름으로 블로그에 글을 썼어요. 자신의 진짜 이름을 사용하는 것은 너무 위험한 일이었으니까요. 많은 사람들이 진실을 말하는 블로그 작가를 존경했어요. 시간이 지나면서, 사람들은 블로그의 작가가 말랄라라는 것을 눈치채게 되었어요. 탈레반도 곧 그 사실을 알게 되었어요.

언제인가요?

무장 단체 지도자가 등장하고 탈레반이 민고라를 지배하다.

2007

파키스탄 정부에서 스와트 밸리에 군대를 보내다.

2007

말랄라가 페샤와르에서 처음으로 대중 연설을 하다.

2008

10살이 넘은 여자아이들은 더 이상 학교에 다닐 수 없게 되다.

2009

굴 마카이라는 이름으로 말랄라가 블로그에 처음 글을 쓰다.

2009

5장

희망의 소리

숨기

탈레반의 최고 지도자 마울라나 파즐룰라는 마지못해 10살 이하 여자아이들은 다시 학교에 다녀도 된다고 했어요. 그런데 말랄라의 선생님인 마리암 부인은 10살이 넘은 여자아이들도 가르치고 싶어 했어요. 그래서 정식 학교 안에서 비밀리에 수업을 시작했어요. 말랄라는 11살이었지만, 더 어린아이인 척했어요. 교복이 아니라 평상복을 입고 히잡 안에 책을 숨겼어요. 긴장한 것을 들키지 않으려고 애쓰면서요.

이렇게 지내야 하는 것에 말랄라는 화가 났어요. 말랄라는 블로그에 군대는 왜 탈레반을 막지 못하느냐고 불평하는 글을 올렸어요. 그랬더니 군대가 탈레반으로부터 주민들을 구해 주기 시작했어요. 제일 먼저 민고라의 모든 주민에게 마을을 떠나라고 했어요. 말랄라는 민고라를 떠나고 싶지 않았어요. 슬퍼서 눈물을 멈출 수 없었어요.

말랄라와 가족들은 친구들과 이웃들의 차에 끼어 탄 채 마을을 떠났어요. 길은 꽉 막혔어요. 거의 백만 명에 가까운 사람들

이 한꺼번에 스와트 밸리를 떠나야 했으니까요.

　말랄라의 아버지는 페샤와르로 가서 사람들에게 민고라에서 무슨 일이 일어나고 있는지에 대해 알려 주었어요. 말랄라와 다른 가족들은 아버지의 고향인 샹글라로 향했어요. 그렇게 유사프자이 가족은 나라를 떠나지는 않지만 강제로 고향을 떠나 **국내 난민**들이 되었어요.

그런데 군대가 도로를 막는 바람에 말랄라와 어머니와 남동생들은 짐을 지고 샹글라까지 약 24킬로미터를 걸어가야 했어요. 말랄라는 친척 집에 머물면서 다시 학교에 다니게 되었어요. 수업이 끝나면 좋은 소식을 기대하며 라디오를 들었어요.

—깊이—
생각하기

갑자기 고향을 떠나야만 한다면 어떤 생각이 들까요? 전쟁이 일어나 가족과 헤어지게 된다면 어떤 느낌일까요?

어디인가요?

민고라

샹글라

이슬라마바드

파키스탄

평화를 위해 일하기

상글라에 온 지 6주쯤 되었을 때, 말랄라에게 좋은 소식이 들려왔어요. 가족이 페샤와르로 가서 아버지와 함께 지낼 수 있다는 거였어요. 기다림 끝에 말랄라는 아버지를 힘껏 껴안을 수 있었어요.

말랄라의 가족은 파키스탄의 **수도**인 이슬라마바드로 여행을 갔어요. 마침 리처드 홀브루크 미국 **대사**가 이슬라마바드에서 열린 중요한 행사에 참석하고 있었어요. 말랄라와 아버지도 그 행사에 초대되었어요. 행사에 참석한 말랄라는 홀브루크 대사에게 변화를 이끌어 낼 힘이 있다는 것을 알게 되었어요.

말랄라는 여자아이들이 교육을 받을 수 있도록 도와달라고 홀브루크 대사에게 부탁했어요. 홀부르크 대사는 파키스탄에 많은 문제가 있다는 것은 인정했지만, 말랄라의 부탁에는 아무런 약속도 하지 않았어요.

거의 3개월이 지나자, 민고라가 다시 안전해져서 고향으로 돌아갈 수 있게 되었어요. 말랄라는 달라진 마을의 모습을 보고 슬

폈어요. 건물들은 폭격을 당해 잔해밖에 남지 않았어요. 불에 타 버린 자동차들은 시커먼 조개껍질처럼 딱딱하게 굳어 있었어요. 군대는 도로 위에 **검문소**를 설치하여 무기들을 찾아내려고 오가는 사람들을 조사했어요. 말랄라가 살던 동네는 이전과는 전혀 다른 곳이 되어 버렸어요.

13살이 된 말랄라와 10살이 넘은 다른 여자아이들도 이제 다

시 정식으로 학교에 다닐 수 있게 되었어요.

군대가 민고라를 지키고 있었지만, 탈레반은 여전히 **위협**적이었어요.

말랄라는 끊임없이 **기자**들을 만나 이야기하고 연설을 했어요. 여자아이들의 교육에 대해 이야기하고 **어린이 노동**을 멈추게 해 달라고 요구했어요. 파키스탄에서는 어린이들이 일을 하는 경우가 많았거든요

아무도 나를 멈추게 할 수는 없어요.
장소가 집이든, 학교든, 그 어느 곳에서든
나는 교육을 받을 거예요.

마침내 사람들이 말랄라의 **사회 운동**에 관심을 기울이기 시작했어요. 2011년, 말랄라는 파키스탄에서 최초로 '청소년 평화상'이라는 중요한 상을 받았어요. 이 상은 '말랄라상'으로 알려지게 되었어요.

말랄라가
민고라를
떠나다.

2009
5월

탈레반이
민고라를
떠나다

2009
7월

말랄라가
다시 학교로
돌아가다.

2009
8월

말랄라가
파키스탄
'청소년 평화상'
을 받다.

2011

6장

모든 것이 바뀐 날

집으로 가는 길

연설 횟수가 늘어가면서 말랄라는 점점 더 관심을 받게 되었어요. 그러면서 탈레반의 위협이 심해졌어요. 걱정이 된 부모님은 말랄라가 사회 운동 일을 그만해야 하는 것은 아닌지 고민했어요. 하지만 15살이 된 후에도 말랄라는 자신이 하고 있는 일을 그만둘 생각이 없었어요. 그렇지만 두려움만은 어떻게 할 수가 없었어요. 매일 저녁, 대문과 방문들이 잘 잠겨 있는지 확인해야 할 만큼 두려움에 떨어야 했으니까요.

말랄라는 더 안전한 세상이 되게 해 달라고 기도했어요.

어느 날 수업을 마친 후, 아탈은 누나인 말랄라와 함께 스쿨버스를 타고 집에 가려다가 버스를 타지 않고 걸어가겠다고 했어요. 동생을 보낸 말랄라는 친구들과 시간을 보내면서 함께 버스를 기다렸어요. 학교에서 시험을 본 날이었는데, 말랄라는 답안을 잘 쓴 것 같아 기분이 좋았어요.

버스가 도착하자, 말랄라는 친구 모니바와 함께 뒷좌석 가까운 자리에 앉았어요. 버스는 군 검문소를 돌아 나왔어요. 그곳에서는 항상 차가 밀렸는데, 이상하게도 그날은 도로가 한산했어요.

그때 버스가 갑자기 멈춰 섰어요. 말랄라는 무슨 일이 일어나고 있는지 알 수 없었어요.

총을 든 두 사람이 버스를 세우라고 했어요. 그들은 버스로 올라오더니 누가 말랄라인지 물었어요. 대답하는 사람은 없었지만 모두의 눈길이 말랄라에게로 향했어요. 말랄라는 그 후에 무슨 일이 일어났는지 기억할 수 없었어요. 아무것도 생각나지 않았어요.

말랄라가 깨어난 곳은 집에서 8천 킬로미터 넘게 멀리 떨어진 영국의 한 병원이었어요.

"
내 펜과 책을
강제로 빼앗겨 봤기 때문에,
나는 교육이 얼마나
중요한 것인지 알아요.
"

삶을 위한 투쟁

탈레반의 공격을 받은 말랄라는 살아날 수 있을지 모두들 마음 졸일 정도로 위태로운 상태였어요. 말랄라는 비행기 편으로 영국 버밍햄이라는 도시의 병원으로 이송되어 특수 치료를 받았어요. 말랄라가 깨어났을 때, 주위 사람들은 모두 영어로 말하고 있었어요.

어디인가요?

영국

버밍햄

밍고라

파키스탄

깊이 생각하기

말랄라의 이야기는 어떻게 세상에 알려졌나요? 많은 사람들이 말랄라에게 편지를 쓴 이유는 무엇 때문일까요?

말랄라는 말을 할 수 없는 상태여서, 종이에 글로 썼어요. 아버지가 어디 계신지, 그리고 자신이 총에 맞은 건지 알고 싶어 했어요. 어디에 있는 건지도요.

의사와 간호사들이 무슨 일이 있었는지 설명해 주었어요. 사람들은 친절했지만 말랄라는 가족들이 보고 싶었어요.

파키스탄에서는 말랄라의 아버지가 **여권**과 여행에 필요한 다른 서류들을 준비해야 했어요.

가족들은 그로부터 열흘이 지난 후에야 말랄라가 입원해 있는 영국에 도착할 수 있었어요.

이후 전 세계 사람들이 말랄라에게 사랑을 전했어요. 수천 장이 넘는 카드와 꽃과 장난감, 그리고 다른 많은 선물들을 보내 주었어요. 사회 지도자들, **정치인**들, 영화배우들, 그리고 유명 가수들도 말랄라에게 편지를 썼어요. **유엔**에서는 11월 10일을 말랄라의 날로 정했어요. 수많은 기자들이 병원으로 찾아와 말랄라의 병세를 확인했어요.

　말랄라를 돌봐 주던 의사 피오나 박사는 말랄라에게 흰색 곰 인형을 선물했어요. 말랄라는 이 곰 인형에게 릴리라는 이름을 붙여 주었어요.

　말랄라가 회복하기까지 오랜 시간이 걸렸어요. 말랄라는 뇌를 크게 다쳐서 말하고 걷는 것까지 다시 배워야 할 만큼 상태가 좋지 않았어요.

　말랄라는 헬스장에서 재활 운동을 하며 몸을 튼튼하게 만들
기 위해 애썼어요. 마침내 말랄라는 퇴원을 해도 될 만큼 건강
을 회복했어요. 처음 입원했을 때보다 훨씬 건강해지긴 했지만,
아직 받아야 할 **수술**이 남아 있었어요.

　말랄라는 자신에게 일어난 일에 대해 화를 내지 않고 오히려
자신에게 총을 쏜 사람을 용서하기로 했어요. 그리고 신이 자신
을 살려 준 것은 계속해서 다른 사람들을 도와줄 수 있도록 하
기 위해서라고 생각했어요.

　말랄라는 더 나은 사람이 되어야겠다고 결심했어요.

탈레반이
말랄라를
공격하다.

2012

10월 9일

말랄라가
비행기 편으로
영국 버밍햄의
병원으로
이송되다.

2012

10월 15일

말랄라가
병원에서
깨어나다.

2012

10월 16일

말랄라가
회복하여
퇴원하다.

2013

1월

7장

새로운 인생

이전보다 더 강해지다

말랄라와 가족은 잔디가 깔린 마당과 나무들이 있는 집으로 이사했어요. 버밍햄은 말랄라에게 더 안전한 곳이었지만 고향집 같지는 않았어요. 많은 집들이 똑같아 보였어요. 돌과 진흙으로 지은 집은 하나도 없었고, 지붕은 경사져 있었어요. 크리켓을 할

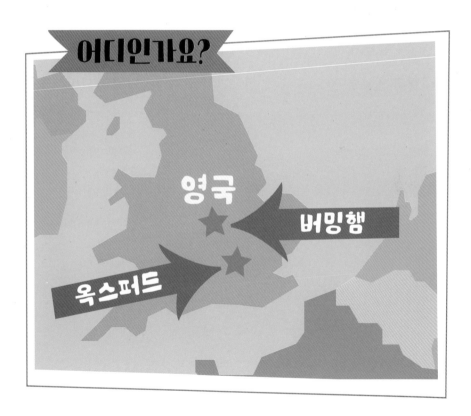

어디인가요?

영국

버밍햄

옥스퍼드

수 있었던 편평한 지붕이 아니었어요. 아무 때나 찾아갈 수 있는 고향 친구들이 없어서 말랄라는 쓸쓸했어요.

말랄라는 영국에서는 여자들도 직업을 가질 수 있고 무슨 옷을 입을지도 스스로 선택할 수 있다는 걸 알게 되었어요. 여자아이들도 남자아이들과 똑같이 학교에 다닐 수 있다는 것도요. 규칙들은 모두에게 평등하게 적용되었고 사람들에게 겁을 주지 않아도 질서가 유지된다는 것도 알게 되었어요. 이러한 것들이 말랄라에게는 희망으로 다가왔어요.

병원 진료를 받고 회복에 힘쓰면서 말랄라는 점점 더 강해졌어요. 말랄라는 민고라에 있는 친구들과 영상 통화를 했어요. 말랄라는 스와트 밸리가 그리웠어요. 아버지에게 언제 집으로 돌아갈 수 있는지 물었어요. 아버지는 좀 더 건강을 회복해야 한다고 말했어요. 탈레반이 아직 남아 있어서 다른 이유를 댄 것이었어요. 당분간 고향으로 돌아갈 수 없다는 사실을 말랄라도 금세 깨달았어요.

2013년 4월, 말랄라는 학교에 다녀도 될 만큼 건강해졌어요. 무엇보다도 두려움에 떨지 않고 수업을 들으러 갈 수 있어서 좋

앉어요. 하지만 말랄라는 자신이 영국에서 자
란 여자아이들과는 다르다는 것을 느꼈어요.
그래서 외로울 때도 있었어요. 하지만 훌륭한
교육을 받으면 사람들을 도와주는 데 더 힘이
될 거라고 생각하며 마음을 다잡았어요. 말랄
라는 다른 사람을 돕는 일에 계속 앞장섰어요.

─깊이─
생각하기

탈레반은
반대 의견을 말하지
못하게 했지만
말랄라는 어떻게
자기 의견을
말할 수 있었나요?

 ## 모두를 위한 교육

16번째 생일에, 말랄라는 뉴욕에 있는 유엔 본부에 초대되어
연설을 하게 되었어요. 대단히 영광스러운 일이었어요. 말랄라
는 연설을 통해 전 세계 지도자들에게 모든 어린이들이 교육을
받을 수 있도록 해 달라고 부탁했어요. 청중들은 말랄라에게
기립 박수를 보냈어요. 말랄라는 17살에 **권위** 있는 **노벨 평화
상**을 수상했어요. 세계에서 가장 어린 수상자라는 영광스러운
기록을 남겼어요.

> **나는 내 이야기를 해요.
> 이것은 특별할 뿐만 아니라
> 많은 여자아이들의 이야기이기 때문이에요.**

　말랄라는 노벨상 상금으로 여자아이들을 위한 학교를 열었어요. 말랄라 재단이라는 **자선 재단**을 설립하여 여자아이들의 교육을 위해 투쟁했어요. 연설을 하고 책을 쓰고, 텔레비전에 출연하고 **난민 캠프**를 방문하는 일도 게을리하지 않았어요. 탈레반은 말랄라의 입을 막지 못했어요. 탈레반의 탄압은 말랄라의 목소리를 더 강해지게 했어요. 20살이 되었을 때, 말랄라는 영국에 있는 옥스퍼드대학교에 입학했어요. 그곳에서 **철학**, **정치학**, 그리고 **경제학**을 공부했어요. 말랄라는 대학 생활이 재미있었어요. 동아리에도 가입하고 새로운 친구들도 만났어요. 그렇지만 여전히 민고라가 그리웠어요.

　고향을 떠난 지 5년이 훨씬 더 지난 후에야 말랄라는 민고라를 방문할 수 있었어요. 그리고 그곳에서 아주 놀라운 경험을 하

게 되었어요. 500명이 넘는 친구들과 친척들이 말랄라를 보러

왔어요. 이날은 말랄라에게 가장 기쁜 날이었어요.

옥스퍼드로 돌아온 말랄라는 공부를 계속하여 2020년 6월에

졸업했어요. 말랄라는 자신이 어떤 직업을 선택하더라도 계속

사회 운동가의 길을 갈 거라는 걸 알고 있었어요. 말랄라가 세계

각지에서 초대받고 있는 것은 다른 사람들도 교육에 관심이 많

다는 것을 확인시켜 주는 것이었어요. 말랄라는 자신이 해야 할

일들이 더 많아졌다는 것을 알고 있어요. 자신과 같은 생각을 하

는 사람들이 더 많아지면 변화가 일어날 거라고 믿고 있어요. 말

랄라는 모든 여자아이들이 자신들의 의지로 삶을 선택할 수 있는 날이 오길 희망해요.

언제인가요?

말랄라가
16살 생일에
유엔 본부에서
연설하다.

말랄라가
노벨 평화상을
타다.

말랄라가
옥스퍼드
대학교에서
공부를 시작하다.

2013
7월

2014

2017

말랄라가
파키스탄을
방문하다.

말랄라가
옥스퍼드
대학교를
졸업하다.

2018

2020

8장

그래서
말랄라 유사프자이는
어떤 인물인가요?

도전 퀴즈

지금까지 말랄라와 말랄라의 인생에 대해 많은 유익한 사실들을 알게 되었어요. '누가, 무엇을, 언제, 어디서, 왜, 그리고 어떻게' 퀴즈를 통해 새로 익힌 지식을 간단하게 살펴봅시다. 얼마나 기억하고 있는지 알면 재미있어요. 하지만 답이 생각나지 않으면, 내용을 다시 찾아보면서 답을 찾아도 되요.

 말랄라는 어떤 사람인가요?

→ ① 사회 운동가

→ ② 작가

→ ③ 대중 연설가

→ ④ 사회 운동가, 작가, 대중 연설가

 말랄라는 어디에서 태어났나요?

→ ① 버밍햄

→ ② 민고라

→ ③ 페샤와르

→ ④ 샹글라

 말랄라는 언제 태어났나요?

→ ① 1997년 7월 12일

→ ② 2001년 9월 11일

→ ③ 2009년 1월 5일

→ ④ 2013년 7월 12일

Q4 말랄라는 왜 사회 운동가가 되었나요?

→ ① 남동생들을 피하기 위해

→ ② 학교를 떠나기 위해

→ ③ 여자아이들에게 남자아이들과 동등한 기회들을 주기 위해

→ ④ 기자들에게 이야기하기 위해

Q5 누가 말랄라를 위협했나요?

→ ① 탈레반

→ ② 선생님들

→ ③ 이웃들

→ ④ 파키스탄 군대

Q6 말랄라는 언제 국내 난민이 되었나요?

→ ① 1997년

→ ② 2009년

→ ③ 2011년

→ ④ 2019년

Q7 왜 말랄라가 훌륭한 본보기가 되었나요?

→ ① 학교에서 공부를 잘 해서

→ ② 스케이트보드 묘기 때문에

→ ③ 어린이 인권을 옹호해서

→ ④ 어머니를 도와주어서

말랄라는 자신의 메시지를 어떻게 전파시켰나요?

→ ① 블로그에 글 쓰기와 책 쓰기로

→ ② 정치가들에게 연설하여

→ ③ 방송 인터뷰를 통해

→ ④ 위의 세 가지 모두

 유엔 본부에서 연설할 때 말랄라는 몇 살이었나요?

→ ① 100살

→ ② 20살

→ ③ 16살

→ ④ 14살

 말랄라는 무엇을 해냈나요?

→ ① 매직 펜슬 발명

→ ② 올림픽 게임 출전

→ ③ 고래들 구하기

→ ④ 최연소 노벨 평화상 수상

정답 1 ④, 2 ②, 3 ①, 4 ③, 5 ①, 6 ②, 7 ③, 8 ④, 9 ③, 10 ④

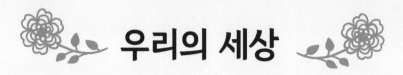

우리의 세상

말랄라의 목소리는 세상을 변화시키는 데 도움이 되었어요. 말랄라가 일으킨 변화들을 살펴봅시다.

➡ 말랄라의 활동으로 전 세계의 어린이들과 어른들이 어린이 교육에 대해 이야기하면서 해결 방법들을 찾고 있어요. 말랄라는 다른 사람들이 자신들의 이야기를 나누고 활동가가 되도록, 그리고 포기하지 않도록 용기를 주었어요. 어린이들은 나이에 상관없이 자신의 의견을 낼 수 있다는 것을 배우고 있어요.

➡ 말랄라는 평화는 각자의 삶에서 시작된다고 믿어요. 자신을 총으로 쏜 사람을 용서함으로써, 말랄라는 다른 사람들의 행동으로 인해 고통받는 모든 사람들에게 영감을 주었어요.

➡ 유엔 글로벌 교육 **특사**인 고든 브라운은 말랄라에게서 영감을 받아 말랄라 **탄원서**의 서명 운동을 시작했어요. 유엔 이사회에 모든 어린이가 학교에 다닐 수 있도록 하는 목표를 다시 한번 요구했어요. 300만 명이 넘는 사람들이 이 탄원서에 서명했어요. 이를 계기로 파키스탄에서 2012년 새로운 법이 통과되어, 5살부터 16살까지의 어린이들이 무상 교육을 받게 되었어요.

깊이 생각하기

한 걸음 더!

말랄라와 같은 삶을 산다고 상상하면서 말랄라의 행동들이 어떻게 세상을 변화시켰는지 생각해 봐요.

➡ 말랄라가 이룬 것들을 보면서, 변화를 일으키는 데 나이가 중요하다고 생각하나요? 그렇다면 이유는? 아니라면 이유는?

➡ 어린이 노동을 없애려는 말랄라의 목표가 어떻게 교육과 연결이 될까요?

➡ 말랄라의 삶을 알고 난 후 학교에 대해 어떤 생각이 드나요? 여러분이 완전한 교육을 받지 못한다면 어떤 일이 생길까요?

검문소 경찰이나 군인이 도로를 막고 무기를 소지한 사람이나 수상한 사람을 조사하는 곳.

경제학 사람의 생활에 필요한 돈과 모든 물건 등을 생산, 분배, 소비하는 활동을 다루는 학문

극단주의자 생각이나 행동을 한쪽으로만 지나치게 치우쳐 주장하는 사람.

교육 학교에서 지식, 인성, 기술 등을 가르쳐 기르는 일.

국내 난민 살던 곳에서 강제로 떠나게 되었지만 자기 나라에 남아 있는 사람들.

권위 사회적으로 훌륭하다고 인정을 받고 영향력을 끼칠 수 있는 위엄과 신망.

기립 박수 누군가를 칭찬하기 위해 자리에서 일어나서 치는 박수.

기자 여러 소식들을 취재하여 기사를 쓰거나 편집하는 사람.

기회 어떤 일을 하기에 알맞은 때.

난민 캠프 전쟁이나 재난으로 위험을 피해 집이나 고국을 떠나온 사람들을 위한 임시 거처.

노벨 평화상 매년 세계 평화에 공헌한 훌륭한 일을 한 사람에게 수여하는 국제적인 상.

대사 나라를 대표하여 다른 나라에 파견되어 외교 업무를 맡아보는 최고 직급의 사람.

독재자 무력으로 권력을 잡은 통치자나, 모든 권력을 쥐고 독재 정치를 하는 사람.

무슬림 이슬람교를 믿는 사람.

무장 단체 전투에 필요한 무기와 장비를 갖춘 조직이나 단체.

문맹 글을 읽거나 쓸 줄 모름. 또는 그런 사람.

부르카 무슬림 여성들이 입는 눈 주위만 남겨 두고 머리와 몸을 모두 가리는 복식.

불의 도의, 정의, 의리 등에 어긋남.

블로그 자신의 의견, 정보, 그리고 개인 이야기를 글로 써서 올리는 웹사이트.

사회 운동 사회에 영향을 주는 활동이나 공정하지 않은 것들을 바꾸기 위해 애쓰는 행동.

사회 운동가 공정하지 않은 것들을 바꾸려고 애쓰는 사람.

산사태 큰 비나 지진, 화산 등으로 산 중턱의 바위나 흙이 무너져 내리는 현상.

수도 한 나라의 중앙 정부가 있는 도시.

수술 의료 기계를 사용하여 병을 고치는 일.

알라 이슬람교에서 믿고 받드는 신의 이름.

어린이 노동 만 13세 이하의 어린이가 하는 노동.

여권 외국을 여행할 때 신분이나 국적을 증명해 주는 문서.

여진 큰 지진이 일어난 다음 얼마 동안 이어지는 약한 지진.

위협 힘으로 으르고 겁을 주며 협박함.

유엔 세계 여러 나라들이 속한 정치 기구로, 국가들 사이의 협력과
평화를 위해 일하는 국제 평화 기구.

이슬람교 알라신을 믿고 코란이라는 성서를 따르는 종교.

자선 재단 어려운 처지에 놓인 사람이나 다른 사람들을 돕는 기관.

전통 예로부터 이어져 내려오는 믿음이나 관습, 행동 들의 양식.

정부 나라나 주 또는 도시나 지역 사회를 다스리는 사람과 행정을
맡아보는 국가 기관.

정의 바르고 옳은 도리. 공정성.

정치인 나라를 다스리는 일을 하는 사람.

정치학 나라를 다스리는 현상을 연구 대상으로 하는 학문.

조상 한 집안에서 할아버지 위로 돌아가신 대대의 어른, 그리고 자기

세대 이전의 모든 세대.

졸업 학생이 학교에서 정해진 교과 과정을 마치는 것.

철학 옳고 그름을 비롯한 생각이나 지식을 연구하는 학문.

총리 행정부에서 가장 높은 자리에 있는 공무원.

코란 이슬람교도의 신앙과 규범을 서술한 이슬람교의 경전.

크리켓 11명씩으로 이루어진 두 팀이 위킷을 사이에 두고 공격과 수비로 나누어 서로 공을 쳐서 승부를 겨루는 스포츠.

탄원서 사정을 알리고 도와주기를 간절히 바라는 내용을 적은 문서.

탈레반 이슬람 율법에 대하여 극단적인 생각을 갖고 있는 무장 세력.

특사 나라를 대표하여 특별한 임무를 띠고 외국에 파견되는 사람.

파슈툰족 파슈토어를 사용하는 파키스탄이나 아프가니스탄 사람들.

퍼다 10대 소녀들과 여자들이 남자들의 눈에 띄지 않게 집 안에 머무르는 파슈툰족의 풍습.

평판 어떤 사람의 행동이나 성격에 대한 세상 사람들의 평가나 판단.

학비 교육비로 드는 비용.

BBC 영국 방송공사. 라디오, 텔레비전, 그리고 인터넷을 통해 방송을 하는 대형 미디어 회사.

THE STORY OF MALALA YOUSAFZAI by Joan Marie Galat, Illustrated by Aura Lewis

Text © 2020 by Callisto Media, Inc.

Illustrations © 2020 Aura Lewis. Maps courtesy of Creative Market.

Photography © dpa picture alliance/Alamy Stock Photo, pp. 47 and 50; SOPA Images Limited/Alamy Stock Photo, p.49

All rights reserved.

First published in English by Rockridge Press, an imprint of Callisto Media, Inc.

This Korean edition was published by Kyohak Publishing Co., Ltd. in 2024

by arrangement with Callisto Media Inc. through KCC(Korea Copyright Center Inc.), Seoul.

이 책은 ㈜한국저작권센터(KCC)를 통한 저작권자와의 독점계약으로 ㈜교학사/함께자람에서 출간되었습니다.
저작권법에 의해 한국 내에서 보호를 받는 저작물이므로 무단전재와 복제를 금합니다

꿈을 이룬 인물 탐구 4

말랄라 유사프자이
어린이의 평등한 교육을 위해 투쟁하다

2024년 11월 20일 초판 1쇄 발행

글쓴이	조안 마리 갤러트
그린이	아우라 루이스
옮긴이	양진희
펴낸이	양진오
펴낸데	(주)교학사
주 소	서울특별시 마포구 마포대로 14길 4
전 화	영업 (02) 707-5147 편집 (02) 707-5350
등 록	1962년 6월 26일 (18-7)
편 집	조선희, 신희채

ISBN 978-89-09-55170-0 74840
       978-89-09-55086-4 (세트)

함께자람은 (주)교학사의 유아·어린이 책 브랜드입니다.